U0140629

钱
锺
书
集

钱锺书集

槐聚诗存

生活·讀書·新知 三联书店

Copyright © 2019 by SDX Joint Publishing Company.
All Rights Reserved.

本作品版权由生活·读书·新知三联书店所有。
未经许可，不得翻印。

图书在版编目（CIP）数据

槐聚诗存／钱锺书著．—2 版．—北京：
生活·读书·新知三联书店，2019.10 （2023.10 重印）
（钱锺书集）
ISBN 978 – 7 – 108 – 06597 – 1

Ⅰ．①槐…　Ⅱ．①钱…　Ⅲ．①诗集 – 中国 – 当代
Ⅳ．① I227

中国版本图书馆 CIP 数据核字（2019）第 091452 号

责任编辑　冯金红
装帧设计　陆智昌
责任印制　董　欢
出版发行　**生活·讀書·新知** 三联书店
　　　　　（北京市东城区美术馆东街 22 号 100010）
网　　址　www.sdxjpc.com
经　　销　新华书店
印　　刷　山东临沂新华印刷物流集团有限责任公司
版　　次　2002 年 10 月北京第 1 版
　　　　　2019 年 10 月北京第 2 版
　　　　　2023 年 10 月北京第 13 次印刷
开　　本　880 毫米 × 1230 毫米　1/32　印张 5.5
字　　数　51 千字
印　　数　64,001 – 67,000 册
定　　价　48.00 元
（印装查询：01064002715；邮购查询：01084010542）

出　版　说　明

　　钱锺书先生(一九一〇——一九九八年)是当代中国著名的学者、作家。他的著述,如广为传播的《谈艺录》、《管锥编》、《围城》等,均已成为二十世纪重要的学术和文学经典。为了比较全面地呈现钱锺书先生的学术思想和文学成就,经作者授权,三联书店组织力量编辑了这套《钱锺书集》。

　　《钱锺书集》包括下列十种著述:

　　《谈艺录》、《管锥编》、《宋诗选注》、《七缀集》、《围城》、《人·兽·鬼》、《写在人生边上》、《人生边上的边上》、《石语》、《槐聚诗存》。

　　这些著述中,凡已正式出版的,我们均据作者的自存本做了校订。其中,《谈艺录》、《管锥编》出版后,作者曾做过多次补订;这些补订在两书再版时均缀于书后。此次结集,我们根据作者的意愿,将各次补订或据作者指示或依文意排入相关章节。另外,我们还订正了少量排印错讹。

　　《钱锺书集》由钱锺书先生和杨绛先生提供文稿和样书;陆谷孙、罗新璋、董衡巽、薛鸿时和张佩芬诸先生任外文校订;陆文虎先生和马蓉女士分别担任了《谈艺录》和《管锥编》的编辑工

作。对以上人士和所有关心、帮助过《钱锺书集》出版的人，我
们都表示诚挚的感谢。

生活·讀書·新知三联书店

一九九九年十二月一日

为了满足广大读者的需求，继《钱锺书集》繁体字版之后，
我们又出版了这套《钱锺书集》简体字版(《谈艺录》、《管锥编》
因作者不同意排简体字版除外)。其间，我们对作者著述的组
合作了相应调整，并订正了繁体字版中少量文字和标点的排校
错误。

生活·讀書·新知三联书店

二〇〇一年十二月十日

钱锺书对《钱锺书集》的态度

（代　序）

杨　绛

　　我谨以眷属的身份，向读者说说钱锺书对《钱锺书集》的态度。因为他在病中，不能自己写序。

　　他不愿意出《全集》，认为自己的作品不值得全部收集。他也不愿意出《选集》，压根儿不愿意出《集》，因为他的作品各式各样，糅合不到一起。作品一一出版就行了，何必再多事出什么《集》。

　　但从事出版的同志们从读者需求出发，提出了不同意见，大致可归纳为三点。（一）钱锺书的作品，由他点滴授权，在台湾已出了《作品集》。咱们大陆上倒不让出？（二）《谈艺录》、《管锥编》出版后，他曾再三修改，大量增删。出版者为了印刷的方便，《谈艺录》再版时把《补遗》和《补订》附在卷末，《管锥编》的《增订》是另册出版的。读者阅读不便。出《集》重排，可把《补遗》、《补订》和《增订》的段落，一一纳入原文，读者就可以一口气读个完整。（三）尽管自己不出《集》，难保旁人不侵权擅自出《集》。

　　钱锺书觉得说来也有道理，终于同意出《钱锺书集》。随后他因病住医院，出《钱锺书集》的事就由三联书店和诸位友好协力担任。我是代他和书店并各友好联络的人。

钱锺书绝对不敢以大师自居。他从不厕身大师之列。他不开宗立派，不传授弟子。他绝不号召对他作品进行研究，也不喜旁人为他号召，严肃认真的研究是不用号召的。《钱锺书集》不是他的一家言。《谈艺录》和《管锥编》是他的读书心得，供会心的读者阅读欣赏。他偶尔听到入耳的称许，会惊喜又惊奇。《七缀集》文字比较明白易晓，也同样不是普及性读物。他酷爱诗。我国的旧体诗之外，西洋德、意、英、法原文诗他熟读的真不少，诗的意境是他深有领会的。所以他评价自己的《诗存》只是恰如其分。他对自己的长篇小说《围城》和短篇小说以及散文等创作，都不大满意。尽管电视剧《围城》给原作赢得广泛的读者，他对这部小说确实不大满意。他的早年作品唤不起他多大兴趣。"小时候干的营生"会使他"骇且笑"，不过也并不认为见不得人。谁都有个成长的过程，而且，清一色的性格不多见。钱锺书常说自己是"一束矛盾"。本《集》的作品不是洽调一致的，只不过同出钱锺书笔下而已。

钱锺书六十年前曾对我说：他志气不大，但愿竭毕生精力，做做学问。六十年来，他就写了几本书。本《集》收集了他的主要作品。凭他自己说的"志气不大"，《钱锺书集》只能是菲薄的奉献。我希望他毕生的虚心和努力，能得到尊重。

一九九七年十一月二十一日

作者与杨绛、钱瑗五十年代在北京大学中关园

作者与杨绛、钱瑗九十年代在北京三里河南沙沟家中

余童時從先伯父與先君讀書，經史、古文而外，有《唐詩三百首》，心焉好之。獨喜冥行，瀏觧聲律、對偶，圈藏家藏清代名家詩集泛覽之……友輩業中學居然自信成章，實則如鸚鵡之學人語，所謂「不離鸚鵡」者也。本疏交口游而輩，代人幸酬應，亦所不免。且多俳諧戲謔之篇，戲托諧語，代人捉刀，亦後時有。此類先後篇什，概從削棄，自錄一本，緯爲遭劫火，手寫三冊，分別藏隱，竟免灰燼。去年余大病綺末積勞感疾，展弊餘生而以……以余流傳篇什，印爲一書，年舍刊者。綺謂余曰：與君皆如風燭草露，宜自定詩集，俾免給本傳說。因助余選定推敲芳力疾手隱，隱餘於胡劍獲，且整定素懷斂爲弘文，則檔集代若棄冷淡生涯，亦不無小補云爾。一九九四年一月錢鍾書。

作者手迹

槐聚詩存

书名由杨绛先生题签

目　录

一九三六年

一九三七年

一九三八年

一九三九年

一九四〇年

一九四一年

一九四二年

一九五三年

一九五四年

一九五五年

一九五六年

一九六三年

一九六四年

一九六五年

一九六六年

一九七三年

一九七四年

一九七五年

一九七七年

一九七八年

一九七九年

序

余童时从先伯父与先君读书，经、史、"古文"而外，有《唐诗三百首》，心焉好之。独索冥行，渐解声律对偶，又发家藏清代名家诗集泛览焉。及毕业中学，居然自信成章，实则如鹦鹉猩猩之学人语，所谓"不离鸟兽"者也。本寡交游，而牵率酬应，仍所不免。且多俳谐嘲戏之篇，几于谑虐。代人捉刀，亦复时有。此类先后篇什，概从削弃。自录一本，绛恐遭劫火，手写三册，分别藏隐，幸免灰烬。去年余大病，绛亦积劳成疾，衰弊余生，而或欲以余流传篇什印为一书牟薄利者。绛谓余曰："与君皆如风烛草露，宜自定诗集，俾免俗本传讹。"因助余选定推敲，并力疾手写。余笑谓：他年必有搜拾弃余，矜诩创获，且凿空索隐，发为弘文，则拙集于若辈冷淡生活，亦不无小补云尔。一九九四年一月钱锺书。

一九三四年

还乡杂诗

昏黄落日恋孤城，嘈杂啼鸦乱市声。

乍别暂归情味似，一般如梦欠分明。

盘餐随例且充肠，不羡侯鲭入馔尝。

知为鲈鱼归亦得，底须远作水曹郎①。

浅梦深帏人未醒，街声呼彻睡松惺。

高腔低韵天然籁，也当晨窗唤起听。

深浅枫如被酒红，杉松偃蹇翠浮空。

残秋景物秾春色，烘染丹青见化工。

索笑来寻记几回，装成七宝炫楼台。

---

① 谈坡诗，因戏作。

譬如禁体文章例，排比铺张未是才①。

末花梅树不多山，廊榭沉沉黯旧殷。

匹似才人增阅历，少年客气半除删②。

未甘间里竟浮沉，湖海飘姚有夙心。

一首移文惭列壑，故山如此负登临。

---

① 梅园一。
② 梅园二。

玉泉山同绛

欲息人天籁，都沉车马音。

风铃呶忽语，午塔髟无阴。

久坐槛生暖，忘言意转深。

明朝即长路，惜取此时心。

当步出夏门行

天上何所见，为君试一陈：

云深难觅处，河浅亦迷津。

鸡犬仙同举，真灵位久沦。

广寒居不易，都愿降红尘。

薄暮车出大西路

点缀秋光野景妍，侵寻暝色莽无边。

犹看矮屋衔残照，渐送疏林没晚烟。

眺远浑疑天拍地①，追欢端欲日如年。

义山此意吾能会，不适驱车一惘然。

大 雾

连朝浓雾如铺絮，已识严冬酿雪心。

积气入浑天未剖，垂云作海陆全沉。

日高微辨楼台影，人静遥闻鸡犬音。

病眼更无花恣赏，待飞六出付行吟。

----

① 《宋史·洪皓传》载悟室语曰："但不能使天地相拍尔。"

沪西村居闻晓角

造哀一角出荒墟，幽咽穿云作卷舒。

潜气经时闻隐隐，飘风底处散徐徐。

乍惊梦断胶难续，渐引愁来剪莫除。

充耳筝琶容洗听，鸡声不恶较何如。

一九三五年

秣陵杂诗

非古非今即事诗，杜陵语直道当时。

云闲天澹凭君看，六代兴亡枉费词。

评量抹淡与妆浓，点缀风光策首功。

除却夭桃红数树，一园春色有无中①。

鬓毛未改语音存，憔悴京华拙叩门。

怪底十觞浑不醉，寒灰心事酒难温②。

栖栖南北感劳生，丘陇田园系客情。

两岁两京作寒食，明年何处度清明③。

---

① 寓园桃始华。
② 方艺生来，共饮酒家。
③ 去岁清明，予在北平。

虚传水软与山温，莽莽风沙不见春。

京洛名都夸后起，略同北相贵南人①。

山似论文法可师，故都气象此难追。

只如婢学夫人字，宜写唐临晋帖诗。

中年哀乐托无题，想少情多近玉谿。

一笑升天鸡犬事，甘随黄九堕泥犁②。

桃李冰霜怜颊涡，知穷绝塞走明驼。

归来抖擞泥沙障，与我京尘较孰多③。

---

① 风鉴书谓南人北相者贵。
② 吴雨僧师寄示《忏情诗》。
③ 绛书来，言春游塞外。

伦敦晤文武二弟

见我自乡至，欣如汝返乡。

看频疑梦寐，语杂问家常。

既及尊亲辈，不遗婢仆行。

青春堪结伴，归计未须忙。

牛津公园感秋

弥望萧萧木落稀，等闲零乱掠人衣。
此心浪说沾泥似，更逐风前败叶飞。

绿水疏林影静涵，秋容秀野似江南。
乡愁触拨干何事，忽向风前皱一潭。

一角遥空泼墨深，难将晴雨揣天心。
族云恰与幽怀契，商略风前作昼阴。

无主游丝裹夕阳，撩人一缕故悠扬。
回肠九曲心重结，输与风前自在长。

一九三六年

新岁感怀适闻故都寇氛

海国新年雾雨凄,茫茫愁绝失端倪。

直须今昨分生死,自有悲欢异笑啼。

无恙别来春似旧,其亡归去梦都迷。

萦青积翠西山道,与汝何时得共携?

赠 绛

卷袖围裙为口忙,朝朝洗手作羹汤。

忧卿烟火熏颜色,欲觅仙人辟谷方。

此 心

伤春伤别昔曾经，木石吴儿渐忓情。

七孔塞茅且浑沌，三星钩月不分明。

闻吹夜笛魂犹警，看动风幡意自平。

漫说此中难测地，好凭心画验心声。

观 心

息念无如撄物何，一波才动引千波。

试量方寸玲珑地，饾饤悲欢贮几多。

梦食饥人梦赦囚，睡难重觅醒难留。

枕中槐下栖栖甚，身息心还未许休。

四 言

欲调无筝，欲抚无琴。

赤口白舌，何以写心？

咏歌不足，丝竹胜肉。

渐近自然，难传衷曲。

如春在花，如盐在水。

如无却有，悒悒莫解。

茧中有蛹，化蛾能飞。

心中有物，即之忽希。

牛津春事

不见花须柳眼，未闻语燕啼莺。
开户濛濛细雨，故园何日清明？

微阴未必成雨，闲日殊宜踏春。
风和小出衣减，时复轻寒中人。

关窗推出明月，入幕想无东风。
一夜春来底处，胆瓶杏蕊舒红。

晦雨无鸡叫旦，朝晴有鸟啼春。
熙熙想有同乐，百啭难觅解人。

何必冶长解语，不须师旷知音。
入耳忻然有喜，即犹已会于心。

睡 梦

别犹相忆睡全忘，目语心声两渺茫。

情最生疏形最密，与君异梦却同床。

睡乡分境隔山川，枕坼槐安各一天。

那得五丁开路手，为余凿梦两通连①！

巴黎咖啡馆有见

评泊包弹一任人，明灯围里坐惝惝。

绝怜浅笑轻颦态，难忖残羹冷炙心。

开镜凝装劳屡整，停觞薄酒惜余斟。

角张今夜星辰是，且道宵深怨与深。

---

① 白行简《三梦记》云有"两相通梦"者。

清音河(La Seine)河上小
桥(Le Petit Pont)晚眺

万点灯光夺月光，一弓云畔挂昏黄。
不消露洗风磨皎，免我低头念故乡。

电光撩眼烂生寒，撒米攒星有是观。
但得灯浓任月淡，中天尽好付谁看。

莱蒙湖边即目

瀑边淅沥风头湿，雪外嶙峋石骨斑。
夜半不须持挟去，神州自有好湖山。

返牛津瑙伦园

(Norham Gardens)旧赁寓

缁衣抖擞两京埃，又着庵钟唤梦回[①]。

聊以为家归亦寄，仍容作主客重来。

当门夏木阴阴合，绕屋秋花缓缓开。

借取小园充小隐，兰成词赋谢无才。

---

① 门对修道院。

一九三七年

石遗先生挽诗

几副卿谋泪①，悬河决溜时②。

百身难命赎，一老不天遗。

竹垞弘通学③，桐江瘦淡诗④。

重因风雅惜，匪特痛吾私。

八闽耆旧传，近世故殊伦。

① 先生《续诗话》评余二十岁时诗，以汤卿谋、黄仲则为戒。卿谋《湘中草》卷六《闲余笔话》云："人生不可不储三副痛泪。"

② 先生甚赏放翁祭朱子文"倾长河注东海之泪"云云，余按此说本《世说》顾长康自道哭桓公语，一作"悬河决溜"。

③ 先生尝语余其生平似竹垞者若干事，集中有诗言之；论清初学人亦最推朱，盖其博综略类。"垞"即"宅"字，古读入声。翁叔平《瓶庐诗稿》卷四《重九前一日用壁间韵》："通识岂无朱竹垞，微言况有顾亭林。"自注道此。

④ 先生诗学诗格皆近方虚谷。时人不知有《桐江集》，徒以其撰诗话，遂拟之随园耳。

蚝荔间三绝[1]，严高后一人。

坏梁逢丧乱，撼树出交亲。

未敢门墙列[2]，酬知只怆神。

---

[1] 王弇州《赠闽人佘翔宗汉诗》云："十八娘红生荔枝，蚝房舌嫩比西施。更教何处夸三绝，为有佘郎七字诗。"先生集中七绝尤胜于五古。

[2] 宋严仪卿之《诗话》、明高廷礼之《品汇》，皆闽贤挹扬风雅、改易耳目者。先生影响差仿佛之。

Edward Fitzgerald 英 译 波 斯 醹 酤 雅 (Rubàiyàt) 颂酒之名篇也第十二章云坐 树荫下得少面包酒一瓯诗一卷有美一人 如卿者为侣 (and thou) 虽旷野乎可作天 堂观为世传诵比有波斯人 A. G. E' Tes-sam-Zadeh 译此雅为法语颇称信达初无 英译本尔许语一章云倘得少酒一清歌 妙舞者一女便娟席草临流便作极乐园 主想不畏地狱诸苦恼耳又一章云有面 包一方羊一肩酒一瓯更得美姝偕焉即处 荒烟蔓草而南面王不与易也(Vaux mieux que d'un empire être le Souverain) 乃知英 译剪裁二章为一反胜原作因忆拉丁诗人 Lucretius 咏物性 (De natura rerum) 卷二 谓哲人寡嗜欲荫树临溪藉草以息乐在 其中命意仿佛微恨其于食色天性度外 置之则又如司马谈论墨家所谓俭而难

遵矣余周妻何肉免俗未能于酒则窃学东坡短处愿以羊易之戏赋一首

浪仙瘦句，和靖梅妻。

病俗堪疗，避俗可携。

叶浓数树，水寒一溪。

临流茵草，乐无与齐。

箪食瓢饮，餐菊采薇。

饭颗苦瘦，胡不肉糜？

党家故事，折衷最宜。

勿求酒美，愿得羊肥。

扪梦踏菜，莫醉烂泥。

不癯不俗，吾与坡兮。

读杜诗

何处南山许傍边，茫茫欲问亦无天。

输渠托命长镵者，犹有桑麻杜曲田。

漫将填壑怨儒冠，无事残年得饱餐。

饿死万方今一概，杖藜何处过苏端。

一九三八年

哀 望

白骨堆山满白城，败亡鬼哭亦吞声。

熟知重死胜轻死，纵卜他生惜此生。

身即化灰尚赍恨①，天为积气本无情。

艾芝玉石归同尽，哀望江南赋不成。

---

① 冯敬通说阴就书曰:"赍恨入冥。"

22

将 归

将归远客已三年，难学王尼到处便。

染血真忧成赤县，返魂空与阙黄泉。

蜉蝣身世桑田变，蝼蚁朝廷槐国全。

闻道舆图新换稿，向人青只旧时天。

结束箱书叠箧衣，浮桴妻女幸相依。

家无阳羡笼鹅寄，客似辽东化鹤归。

可畏从来知夏日，难酬终古是春晖。

田园劫后将何去，欲起渊明叩昨非①。

―――――――
① 将于夏杪买舟赴海上，母、妹等时避难流寓于沪。

巴黎归国

置家枉夺买书钱，明发沧波望渺然。
背羡蜗牛移舍易，腹输袋鼠挈儿便。
相传复楚能三户，倘及平吴不廿年。
拈出江南何物句，梅村心事有同怜。

亚历山大港花园见落叶
冒叔子_{景璠}有诗即和

绿上枝头事已非，江湖摇落欲安归。
诗人身世秋来叶，祝取风前一处飞。

斓斑颜色染秋痕，剧似春花殒后魂。
试问随风归底处，江南黄叶已无村。

重过锡兰访 A.Kuriyan 博士

祇襛甘蒙热客讥，昔遊坊巷认依稀。

不殊风景人偏老，有几华年昨已非。

潭影偶留俄雁过，雪痕终化况鸿飞。

难期后会忍轻别，芥饭椰浆坐落晖。

答叔子

篇什周旋角两雄，狂言顿觉九州空。

一官未必贫能疗，三命何尝诗解穷。

试问浮沉群僚底，争如歌啸乱书中。

后山嘱望飞腾速，此意硁硁敢苟同①。

---

① 时见君尊人所著《后山诗笺》，后山赠少年动曰"飞腾"、"飞扬"，又每用
"敢"字作"不敢"解。

再示叔子

卑无高论却成奇，出处吾心了不疑。

未保群飞天可剌，且容独立世如遗。

书供枕葄痴何害，诗托呻吟病固宜。

今日朱颜两年少[1]，宋王官职恐虚期。

谢章行严先生书赠横披[2]

活国吾犹仰，探囊智有馀。

名家坚白论[3]，能事硬黄书。

传市方成虎，临渊倘羡鱼。

未应闲此手，磨墨墨磨渠。

---

[1] 渔洋寄漫堂绝句云："当日朱颜两年少，王扬州与宋黄州。"
[2] 代家君。
[3] 治逻辑。

陈式圭郭晴湖徐燕谋熙载
诸君招集有怀张挺生

苍生化冢海扬尘，尚喜樽前聚故人。

暂藉群居慰孤愤，犹依破国得全身。

解忧醇酒难为力，遭乱文章倘有神。

张俭望门憔悴甚，并无锥卓是真贫。

泪①

卿谋几副蓄平生，对此茫茫不自禁。

试溯渊源枯见血，教尝滋味苦连心。

意常如墨湔难净，情倘为田灌未深。

欲哭还无方痛绝，漫言洗面与沾襟。

---

① 《西昆酬唱集》卷上有此题六首，戏反其体。

题叔子夫人贺翘华女士画册

绝世人从绝域还，丹青妙手肯长闲。

江南劫后无堪画，一片伤心写剩山①。

杨陆前遊迹未孤，凭偿宿债与江湖。

他年滇蜀归来日，骑象骑驴索两图②。

---

① 画多在莫斯科所作。

② 谓放翁、升庵。

昆明舍馆作

万念如虫竞蚀心，一身如影欲依形。

十年离味从头记，尔许凄凉总未经。

屋小檐深昼不明，板床支凳兀难平。

萧然四壁埃尘绣，百遍思君绕室行。

苦忆君家好巷坊，无多岁月已沧桑。

绿槐恰在朱栏外，应有浓阴覆旧房①。

未谷芸台此宦游，升庵后有质园留。

狂言我愧桑民怿，欲与宗元夺柳州②。

---

① 绛苏州宅,乱后他人入室矣。

② 桂馥、阮元、杨慎、商盘,皆入滇之名胜也。

心

往事成尘欲作堆，直堪墟墓认灵台。

旧遊昔梦都陈迹，拉杂心中瘗葬来。

坐看暝色没无垠，襟抱凄寒不可温。

影事上心坟鬼语，憧憧齐出趁黄昏。

一九三九年

寓 夜

袷衣负手独巡廊，待旦漫漫夜故长。

盛梦一城如斗大，掐天片月未庭方。

才悭胸竹难成节，春好心花尚勒芳。

沉醉温柔商略遍，黑甜可老是吾乡。

午 睡

摊饭萧然昼掩扉，任教庭院减芳菲。

一声燕语人无语，万点花飞梦逐飞。

春似醇醪醒不解，身如槁木朽还非。

何心量取愁深浅，栩栩蘧蘧已息机。

叔子寄示读近人集题句朕
以长书尽各异同奉酬十绝

心如水镜笔风霜，掌故拈来妙抑扬。

月旦人多谭艺少，覃溪曾此说渔洋①。

纷纷轻薄溺寒灰，真惜暮年迟死来。

三复阿房宫赋语，后人更有后人哀②。

嗜好原如面目分，舍长取短亦深文。

自关耆旧无新语，选外兰亭序未闻③。

比拟梧门颇失公，过庭家学语相同。

---

① 翁苏斋评渔洋《论诗绝句》云然。
② 论石遗先生。
③ 论《近代诗钞》所选散原初集诗。

哑然数典参傍证，意取诗坛两录中[①]。

人情乡曲惯阿私，论学町畦到品诗。
福建江西森对垒，为君远溯考亭时[②]。

临汉论诗有别裁，言因人废亦迂哉。
当前杜老连城璧，肯拾涪翁玉屑来。

水最难为观海馀，涪翁那得少陵如。
昌黎石鼓摩挲后，便觉羲之逞俗书。

教化何妨广大看，一长可录选诗宽。
虚心肯下涪翁拜，揖赵推袁亦所安。

---

① 《乾嘉诗坛点将录》以法时帆比朱武，《光宣诗坛点将录》以石遗比朱武。
② 论《宋诗菁华录序》。朱子语，见《语类》卷百三十九。

雏凤无端逐小鸡，也随流派附江西。

戏将郑婢萧奴例，门户虽高脚色低①。

摩诘文殊同说法，少陵太白细论诗。

他年谁继容斋笔，应恨萧条不并时。

---

① 沈景倩《野获编》记高新郑以斗鸡联句嘲严分宜,盖明俗呼江西人为鸡。

苦　雨

生憎一雨连三日，亦既勤渠可小休。

石破端为天漏想，河倾弥切陆沉忧。

徒看助长浇愁种，倘许分沾补爱流①。

交付庭苔与池草，蚓箫蛙鼓听相酬②。

① 《文选·王简栖〈头陀寺碑〉》:"爱流成海。"善注:"《瑞应经》曰:'感伤世间
没于爱欲之海。'"似当引《出曜经·爱品第三》曰"爱海者,犹如驶河,流逝
于海",辞更切类。
② 赁寓小园有池,雨后蛙声如沸矣。

滕若渠饯别有诗赋答

相逢差不负投荒，又对离筵进急觞。

作恶连朝先忽忽，为欢明日两茫茫。

归心弦箭争徐急，别绪江流问短长。

莫赋囚山摹子厚，诸峰易挫割愁铓。

发昆明电报绛

预想迎门笑破颜，不辞触热为君还。

毅然独客归初伏①，远矣孤城裹乱山。

欲去宁无三宿恋，得休已负一春闲。

悬知此夕江南梦，长绕蛮村古驿间。

---

① 时方初伏。

杂 书

初凉似贵人，招请不能致。

及来不待招，又似故人至。

颇怪今年秋，未挟雨张势。

但凭半夜风，隔日如判世。

劳生惯起早，警寒更无寐。

小女解曲肱，朝凉供酣睡。

一叹朝徒凉，莫与我侪事。

昔者少年时，悲秋不自由。

秋至亦何悲，年少故善愁。

今我年匪少，悲大不为秋。

丈夫有怀抱，节序焉足尤。

况此纷华地，秋味岂相投。

秋声所不至，隘巷倚危楼。

楼高了无补，问天总悠悠。

勿喜暑全收，反忧假过半。

妇不阻我行，而意亦多恋。

所愿闭门居，无事饱吃饭。

惯与伴小茶，儿戏浑忘倦。

鼠猫共跳踉，牛马随呼唤。

自笑一世豪，狎为稚子玩。

固胜冯敬通，顾弄仍衔怨。

性本爱朋侣，畏热罕诣人。

襭襪程所嘲，剥啄韩亦嗔。

好我二三子，相望不得亲。

徐燕谋、郭晴湖擅词翰，陈鬉式圭亦轶群。

近邻喜冒郎叔子，璠也洵鲁璠。

折简酬新凉，茗碗共论文。

雨不出

不许闲人作好嬉，遨头偏值雨渐渐。

已藏日月仍朝夜①，也辨春秋有悦凄②。

弃绝自天如覆水，绵连到地只生泥。

世间难得虚堂睡，更与尧章续旧题。

---

① 徐重光《与陈伯玑书》："雨则有朝夜而无日月。"
② 《侯鲭录》记东坡夫人语："春月使人悦，秋月使人悲。"

叔子赠行有诗奉答

勤来书札慰离情，又此秋凄犯险行。

远出终输翁叱犊①，漫遊敢比客骑鲸。

已丁乱世光阴贱，转为谋生性命轻。

与子丈夫能壮别，不教诗带渭城声。

对月同绛

分辉殊喜得窗宽，彻骨凝魂未可干。

隘巷如妨天远大，繁灯不顾月高寒。

借谁亭馆相携赏，胜我舟车独对看。

一叹夜阑宁秉烛，免因圆缺惹愁欢。

---

① 放翁诗："叱犊老人头如雪，羡渠生死不离家。"

待 旦

梦破抛同碎甑轻，纷挐万念忽波腾。

大难得睡钩蛇去^①，未许降心缚虎能^②。

市籁咽寒方待旦，曙光蚀黯渐欺灯。

困情收拾聊申旦，驼坐披衣不语僧。

---

① 《佛遗教经》："烦恼毒蛇，睡在汝心。早以持戒钩除，方得安睡。"

② 山谷《次韵晁以道》："守心如缚虎。"

遊雪竇山

兹山未识名，目挑心颇许。

入户送眉青，犹湿昨宵雨。

云南地即山，践踏等尘土。

江南好山水，残剩不吾与。

自我海外归，此石堪共语。

便恐人持去，火急命遊侣。

天教看山来，强颜聊自诩。

天风吹海水，屹立作山势。

浪头飞碎白，积雪疑几世。

我尝观乎山，起伏有水致。

蜿蜒若没骨，皱具波涛意。

乃知水与山，思各出其位。

譬如豪杰人，异量美能备。

固哉鲁中叟，只解别仁智。

山容太古静，而中藏瀑布。

不舍昼夜流，得雨势更怒。

辛酸亦有泪，贮胸肯倾吐。

略似此山然，外勿改其度。

相契默无言，远役喜一晤。

微恨多遊踪，藏焉未为固。

衷曲莫浪陈，悠悠彼行路。

田水颇胜师，寺梅若可妻。

新月似小女，一弯向人低。

平生寡师法，开径自出蹊。

擘我妻女去，酷哉此别离。

老饥方驱后，津梁忽已疲。

行迈殊未歇，且拚骨与皮。

下山如相送，青青势向西。

宁都再梦圆女

汝岂解吾觅，梦中能再过。

犹禁出庭户，谁导越山河。

汝祖盼吾切，如吾念汝多。

方疑背母至，惊醒失相诃。

吉安逆旅作

听雨居然此亦楼，潇潇心上合添秋。

空因居独生深念，未为闲多得小休。

清苦数峰看露立，蒸腾一突对冥搜。

眼前风物无堪恋，强挽诗人七日留。

末阳晓发是余三十初度

破晓鸡声欲彻天，沉沉墟里冷无烟。

哦诗直拟陶元亮，误落尘中忽卅年。

山中寓园

箕踞长松下，横眠老竹根。

一枝聊可借，三径已无存。

故物怀乔木，羁人赋小园。

水波风袅袅，摇落更消魂。

窗外丛竹

上窗写影几竿竹，叶叶风前作态殊。

萧瑟为秋增气势，翩翻类客转江湖。

不堪相对三朝格，漫说何能一日无。

便当此君亭畔物，高材直节伴羁孤。

一九四○年

己卯除夕

别岁依依似别人，脱然临去忽情亲。

寸金那惜平时值，尺璧方知此夕珍。

欲藉昏灯延急景，已拚劫火了来春。

明朝故我还相认，愧对熙熙万态新。

山居阴雨得许景渊昆明寄诗

改年三日已悭晴，又遣微吟和雨声。

压屋天卑如可问，春胸愁大莫能名。

旧游觅梦容高枕，新计摊书剩短檠。

拈出山城孤馆句①，知应类我此时情。

---

① 来诗有云："山城孤馆雨潇潇。"

夜 坐

吟风丛竹有清音，如诉昏灯掩抑心。

将欲梦谁今夜永，偏教囚我万山深。

迁飞不着诗徒作①，镊白多方老渐侵。

便付酣眠容鼠啮，独醒自古最难任。

---

① 《诗品》袁嘏自言："吾诗有生气,不提便飞去。"《南齐书》作"须大材迮之"。

新岁见萤火

孤城乱山攒，着春地太少。

春应不屑来，新正忽夏燠。

日落峰吐阴，暝色如合抱。

墨涅输此浓，月黑失其皎。

守玄行无烛，萤火出枯草。

孤明才一点，自照差可了。

端赖斯物微，光为天地保。

流辉坐人衣，飞熠升木杪。

从夜深处来，入夜深处杳。

嗟我百年间，譬冥行长道。

未知所税驾，却曲畏蹉倒。

辨径仗心光，明灭风萤悄。

二豪与螟蛉，物齐无大小。

上天视梦梦，前途问渺渺。

东山不出月，漫漫姑待晓。

愁

愁挟诗来为护持，生知愁是赋诗资。

有愁宁可无诗好，我愿无愁不作诗。

傍晚不适意行

渐收残照隐残峦，鸦点纷还羡羽翰。

暝色未昏微逗月，奔流不舍远闻湍。

两言而决无多赘，百忍相安亦大难。

犹有江南心上好，留春待我及归看。

笔 砚

昔遊睡起理残梦，春事阴成表晚花。

忧患遍均安得外，欢娱分减已为奢。

宾筵落落冰投炭，讲肆悠悠饭煮沙。

笔砚犹堪驱使在，姑容涂抹答年华。

读 报

讵能求阙换偏安，一角重分马远山。

试忖肝肠禁几截，坐教唇齿失相关。

积尘成世逃终浼，补石完天问亦顽。

吟望少年头欲白，未应终老乱离间。

小诗五首

日长供小睡，惊起尚忪惺。
角止声犹袅，梦馀眠已醒。

庭竹骄阳下，清风偶过之。
此时合眼听，瑟瑟足秋思。

日落街遥岫，天垂裹小村。
只资行坐卧，又了昼晨昏。

庭虚宜受月，无月吾亦罢。
阁阁蛙成市，点点萤专夜。

难觅安心法，聊凭遮眼书。
意传言以外，夜惜昼之馀。

山斋晚坐

粘日何人解炼胶，待灯简册暂时抛。

心无多地书难摄，夜蓄深怀世尽包。

一月掐天犹隐约①，百虫浴露忽喧咬。

碍眉妨帽堪栖止，大愧玄居续解嘲。

山斋不寐

睡如酒债欠寻常，无计悲欢付两忘。

生灭心劳身漫息，住空世促夜偏长。

蛙喧请雨邀天听②，虫泣知秋吊月亡。

且数檐牙残滴沥，引眠除恼得清凉。

---

① 《元诗选·乙集》元淮《金囥吟·端阳新月》："遥看一痕月，掐破楚天青。"
② 《易林·大过》之《升》、《渐》之《同人》："虾蟆群聚，从天请雨。"

遣 愁

归计万千都作罢，只有归心不羁马。

青天大道出偏难，日夜长江思不舍。

干愁顽愁古所闻，今我此愁愁而哑。

口不能言书不尽，万斛胸中时上下。

恍疑鬼怪据肝肠，绝似城狐鼠藏社。

鲠喉欲吐终未能，扪舌徒存何为者。

一叹窃比渊明琴，弦上无声知趣寡。

不平物犹得其鸣，独我忧心诗莫写。

诗成喋喋尽多言，譬痒隔靴搔亦假。

予不好茶酒而好鱼肉戏作解嘲

富言山谷赣茶客①，刘斥杜陵唐酒徒②。

有酒无肴真是寡，倘茶遇酪岂非奴。

居然食相偏宜肉，怅绝归心半为鲈。

道胜能肥何必俗，未甘饭颗笑形模。

① 《宋稗类钞》富弼谓山谷"只是分宁一茶客"。
② 陆深《停骖录》刘健谓李杜"也只是两个醉汉"。

山斋凉夜

孤萤隐竹淡收光，雨后宵凉气蕴霜。

细诉秋心虫语砌，冥传风态叶飘廊。

相看不厌无多月，且住为佳岂有乡。

如缶如瓜浑未识[①]，数星飞落忽迷方。

晚　步

野塘水慢浮牛鼻，古道尘旋没马头。

亟待清风屠宿暑，便能白露沃新秋。

出门有碍将奚适，落日无涯尽是愁[②]。

百计不如归去好，累人暝色倚高楼。

---

① 流星"如缶"、"如瓜"云云，见《后汉书·天文志》。
② 徐仲车《淮之水》："残阳欲落未落处，尽是人间今古愁。"

中秋夜作

补就青瓷转玉盘，夜深秋重酿新寒。
不知何处栏干好，许我闲凭借月看。

往年此夕共杯盘，轻别无端约屡寒。
倘得乘风归去便，穷山冷月让人看。

涸阴乡里牢愁客，徙倚空庭耐嫩寒。
今夜鄜州同独对，一轮月作两轮看。

偶 书

非复扶疏翠扫空，辞枝残叶意倥偬。
牧之惆怅成阴绿，讵识秋来落木风。

张籍、刘禹锡观水感澜生，不似人心惯不平。
更愿此心流比水，落花漂尽了无情。

客里为欢事未胜，正如沸水泼层冰。
纵然解得些微冻，才着风吹厚转增。

绛书来云三龄女学书见今隶朋字
曰此两月相昵耳喜忆唐刘晏事成咏

颖悟如娘创似翁，正来朋字竟能通。

方知左氏夸娇女，不数刘家有丑童①。

赵雪崧有偶遗忘问稚存辄得原委一诗
师其例赠燕谋君好卧帐中读书

开卷愁无记事珠，君心椰子绰犹馀。

示人高枕卧游录，作我下帷行秘书。

不醉谬多宁可恕，善忘老至复何如。

赠诗僭长惭颜厚，为谢更生解起予。

---

① 晏神童而貌陋。

十月六日夜得北平故人书

回首宣南足怅嗟，远书吞咽话虫沙。

一方各对眉新月，何日重寻掌故花。

秋菊春兰应有种，杜鹃丁鹤已无家。

当年狂态蒙存记，渐损才华益鬓华。

题燕谋诗稿

闭门堪上士，觅句忽中年。

难得胶粘日，端能笔补天。

琢心一丝发，涌地万汪泉。

家法东湖在，西江佐刺船。

肩 痛

无人送半臂，子京剧可慕。

遂中庶人风，两肩如渍醋。

春事叹无多，老形惊已具。

因知风有味，甘辛不与数。

偏似食梅酸，齿牙软欲蠹。

气逼秀才寒，情同女郎妒。

喝风良有已，代醋三升故。

岂我吟诗肩，瓮醯入偶误。

不须更乞邻，但愿风可捕。

云何忘厥患，俳谐了此赋。

一九四一年

庚辰除夕

曾闻烧烛照红妆，守岁情同赏海棠。

迎送由人天梦梦，故新泯界夜茫茫。

污卮敝屣行将弃，残历寒炉黯自伤。

一叹光阴离乱际，毋庸珍惜到分芒。

戏 燕 谋

樗园谁子言殊允，作诗作贼事相等[①]。

苦心取境破天悭，妙手穿窬探椟蕴。

化工意态秘自珍，讵知天定还输人。

偶然漫与愁花鸟，奇绝诗成泣鬼神。

此中窃亦分钩国，狡狯偷天比狐白。

诛求造物不伤廉，岂复贪多须戒得。

偷势终看落下乘，卑无高论皎然式。

昌黎窥盗向陈编，太息佳人为钝贼。

凤钦吾子诗才妙，我法行之忽逼肖。

竟如道祖腹中言，可许拂衣引同调。

我欲诚斋戏南湖[②]，君莫魏收斥邢邵。

诗窖宵来失却匙，知君不拾道行遗。

---

① 《乾嘉诗坛点将录》有樗园先生题词云："我谓作诗如作贼，横绝始能跻险绝。"

② 张南湖《怀筠州杨秘监八绝句》自注云："诚斋戏谓君诗中老贼也。"

无他长物一敝帚，留与贫家护享之。

上元寄绛

上元去岁诗相祝，此夕清辉赏不孤。
今日仍看归计左，连宵饱听雨声粗。
似知独客难双照，故得天怜併月无。
造化宁关儿女事，强言人厄比犗苏。

当子夜歌

妾心如关，守卫严甚。

欢竟入来，如无人境。

妾心如室，欢来居中。

键户藏钥，欢出无从。

妾为刀背，欢作刀口。

欢情自薄，妾情常厚。

哀 若 渠

阙地起九原，弥天戥一棺。

不图竟哭子，恶耗摧肺肝。

不信事难许，欲信心未甘。

子寿讵止此，止此宁天悭。

赴死轨独短，熟视不能拦。

修促事切身，自主乃无权。

亦思与命抗，时至行帖然。

徒令后死者，叩天讼其冤①。

昆明八月居，与子得良遘。

真能略名位，新知交如旧。

十九人最少②，好句传众口。

---

① 君有敬通、孝标之恨，遂促天年。
② 君赠予诗云："十九人中君最少，二三子外我谁亲。"

别来忧用老，发短面增皱。

撒手子复逝，长往一何骤。

只有赠我篇，磨灭犹藏袖。

乃知人命薄，反不若纸厚。

酸心坡有言，安能似汝寿。

昔者吾将东，赋别借杜诗①。

何意山岳隔，生死重间之。

留命空待我，再见了无期。

抚棺恸未得，负子子倘知。

故乡陷豺虎，客死古所悲。

禅智山空好，穿冢傍峨眉。

吾闻蜀有鸟，催归名子规。

魂气无勿之，为鬼庶能归。

---

① 余别君云："为欢明日两茫茫。"君苦盼余入蜀。

子尝私于我，诗成子每羡。

哭子今有作，诗成子不见。

人死资诗题，忍哉事琢炼。

诗人大薄情，挽毕无馀恋。

即工奚益死，况我初非擅。

聊以抒沉哀，未遑事藻绚。

感旧怆人琴，直须焚笔砚。

戏 问

斗酒蒲桃博一州，烂羊头胃亦通侯。

欲鱼何事临渊羡，食肉毋庸为国谋。

且办作官拚笑骂，会看取相报恩仇①。

灞桥风雪駃诗物，戏问才堪令仆否？

又将入滇怆念若渠

城郭重寻恐亦非，眼中人物愁天遗。

学仙未是归丁令，思旧先教痛子期。

沉魄浮魂应此恋，坠心危涕许谁知。

分看攀折离披了，阅水成川别有悲②。

① 昌黎《刘生》诗："往取将相酬恩仇。"
② 君《去滇》诗云："回首昆明湖水畔，繁花高柳尚留人。"

留别学人

担簦挟笑集英才，漫说春风到草莱。

偶被天教闲处著，遽看朋误远方来。

黄茅白苇腾前笑，积李崇桃付后栽。

转益多师无别语，心胸万古拓须开。

吴亚森忠区出纸索书余诗

吴生好古亲风雅，翰墨淋漓乞满家。

见役吾非能事者，赏音子别会心耶？

声如蚓出诗纤弱，迹比鸦涂字侧斜。

也自千金珍敝帚，不求彩笔写簪花。

骤 雨

大暑陵人酷吏尊，来苏失喜对翻盆。

雷嗔斗醒诸天梦，电笑登开八表昏。

忽噫雄风收雨脚，渐蜷雌霓接云根。

苍苍似为归舟地，试认前滩水涨痕。

重九日李拔可丈招集犹太巨商别业

闭置秋光许一寻，闲持茗碗对疏林。

几人真有登高兴，半日聊酬避世心。

丛菊霜残殊自傲，薄云风聚不成阴。

海滨此会应难再，那得横流免陆沉。

一九四二年

辛巳除夕

不容灯火尽情明，禁绝千家爆竹声。

几见世能随历换，都来岁尚赚人迎。

老饥驱去无南北①，永夜思存遍死生。

好办杯盘歌拊缶，更知何日是升平。

有　感

穷而益脆岂能坚，敢说春秋备责贤。

腰折粗官五斗米，身轻名士一文钱。

踏空不着将何去，得饱宜飏却又还。

同妾语传王百榖，哀矜命薄我犹怜②。

①　《中州集》卷十，辛敬之曰："明日道路中，又当与老饥相抗去。"
②　百榖《谢袁相公问病》诗："书生命薄原同妾。"

得龙忍寒金陵书

一纸书伸渍泪酸，孤危契阔告平安。

尘多苦惜缁衣化，日暮遥知翠袖寒。

负气身名甘败裂，吞声歌哭愈艰难。

意深墨浅无从写，要乞浮提沥血干。

大伏过拔可丈忆三年前与叔子谒丈 丈赋诗中竹影蝉声之句感成呈丈

独来瞻对若为情，碎影疏声世已更。

抢地竹怜生节直，过枝蝉警举家清。

如翁足吐诗人气，剩我应专热客名。

不假汗淋嘲学士，北窗凉共有谁争。

酷暑简拔翁

墨巢老子黄陈辈，毒热形骸费自持。

应指中天呼曷丧，欲提下界去安之①。

乌靴席帽翻江梦，白牯青奴待雨敲。

为讯作丛新长竹，萧萧可解起秋思。

立 秋 晚

枕席凉新欲沁肌，流年真叹暗中移。

已闻蟋蟀呼秋至，渐觉灯檠与夜宜。

一岁又偷兵罅活，几绚能织鬓边丝。

暮云不解为霖雨，闲处成峰只自奇。

---

① 王广陵《暑旱苦热》诗："不能手提天下往。"

示 燕 谋

去年六月去湖南，与子肩舆越万山。

地似麻披攒石皱，路如香篆向天弯。

只看日近家何远，岂料居难出更艰。

差喜捉笼囚一处，伴鸣破尽作诗悭。

少陵自言性癖耽佳句有触余怀因作

七情万象强牢笼，妍秘安容刻划穷。

声欲宣心词体物，筛教盛水网罗风。

微茫未许言诠落，活泼终看捉搦空。

才竭只堪耽好句，绣鎜错彩赌精工。

出门一笑对长江，心事惊涛尔许狂。

滂沛挥刀流不断，奔腾就范隘而妨。

敛思入句谐钟律，凝水成冰截璐方①。

参取逐波随浪句②，观河吟鬓赚来苍。

---

① 韦苏州《冰赋》："方如截璐。"
② 《传灯续录》卷二《云门三绝句》，有"随波逐浪"句。

题某氏集

扫叶吞花足胜情，钜公难得此才清。

微嫌东野殊寒相，似觉南风有死声。

孟德月明忧不绝，元衡日出事还生。

莫将愁苦求诗好，高位从来谶易成。

沉　吟

史笔谁能继谢山，词严义正宅心宽。
七贤传倘他年续①，个里沉吟位汝难。

王周通问私交在，苏李酬诗故谊深。
惭愧叔鸾能勇决，挥刀割席更沉吟②。

---

① 《七贤传》,见《鲒埼亭集外编》卷十二。
② 王褒、周弘让、阳斐。

赠郑海夫_{朝宗}

清华昔共学，踪迹竟相左。

殄天故靳子，留慰今日我。

譬如蔗有根，迟食颐愈朵。

当时少年游，流离感尾琐。

乱世夙难处，儒冠更坎坷。

粃糠六籍人，身不禁扬簸。

今雨复谁来，子一已为夥。

时时过陋室，书乱与争坐。

俨然意如山①，道义克负荷。

伊予何足算，说食腹未果。

诗书惯作祟，文字忧召祸。

笔砚倘遭焚，灼天熊兵火。

子乡严又陵，才辩如炙輠。

①　《春秋繁露·山颂》:"俨然独处,唯山之意。"

丘索有馀师①，毋使先型堕。

陆沉与盲瞽②，两免庶乎可。

---

① 王式通挽严几道联：“谁使之忧伤憔悴以死，是能读丘索坟典之才。”
② 《论衡》：“知古而不知今谓之盲瞽，知今而不知古谓之陆沉。”

伤张荫麟

清晨起读报，失声惊子死。

天翻大地覆，波云正谲诡。

绝知无佳讯，未忍置不视。

赫然阿堵中，子占一角纸。

大事记馀墨，为子书名字。

厥生固未荣，死哀斯亦止。

犹蒙稽古力，匪然胡及此。

吴先斋头饭，识子当时始。

南荒复再面，阔别遂万里。

赋诗久已删，悲子亦不起。

凤昔矜气隆，齐名心勿喜。

舜钦负诗字，未屑梅周比。

时人那得知，语借颇中理。

忽焉今闻耗，增我哀时涕。

气类惜惺惺，量才抑末矣。

子学综以博，出入玄与史。

生前言考证，斤斤务求是。

乍死名乃讹，荫蔓订鱼豕[1]。

翻成校雠资，待人辨疑似。

子道治子身，好还不少俟。

造化固好弄，非徒夺命尔。

吾徒甘殉学，吁嗟视此士。

龙场丞有言，吾与汝犹彼[2]。

---

[1] 沪报皆作"张蔓麟"。

[2] 吴雨僧师招饭于藤影荷声之馆，始与君晤。余赋诗有"同门堂陛让先登，北秀南能忝并称"等语。

答 叔 子

龙性官中想未驯，书生端合耐家贫。

敛非澜倒回狂手，立作波摇待定身。

九牧声名还自累，群居语笑向谁真。

白头青鬓交私在，宛转通词意不伸。

赠宋悌芬淇君索观谈艺录稿

微言妙质得谁如，年少东来信起予。

将母呕心休觅句，绍翁剖腹肯留书①。

人癯恰办竹兼肉，文古能穷柳贯鱼。

疏凿诗中惭出手，君家绪有茗香馀。

---

① 君先人宋春舫先生藏西籍书甚富。《中州集》卷十元遗山兄敏之诗自
注："先人临终有剖腹留书之嘱。"

剥 啄 行

到门剥啄过客谁，遽集于此何从来？

具陈薄海苦锋镝，大力者为苍生哀。

旧邦更始得新命，如龙虎起风云随。

因馀梁益独崤负，恃天险敢天心违。

张铭谯论都勿省①，却夸正统依边陲。

当年蛙怒螳螂勇，堪嗤无济尤堪悲。

私门出政贿为国，武都惜命文贪财。

行诸不义自当败，冰山倒塌非人推。

迂疏如子执应悟，太平兴国须英才。

我闻谢客蹴然起，罕譬而喻申吾怀。

东还昔岁道交趾，馀皇衔尾沧波湄。

楼船穹窿极西海，疏楞增槛高崔巍。

毳旄毡盖傅蜡板，颇黎窗翳流苏帷。

----

① 张载《剑阁铭》、谯周《仇国论》。

金渠玉鉴月烂挂，翠被锦茵云暖堆。

大庖珍错靡勿有，鼋脼鲸脍调龙醯。

临深载稳如浮宅，海童效命波蹊开。

吾舟逼仄不千斛，侍侧齐大殊非侪。

一舱压梦新妇闭，小孔通气天才窥。

海风吹臭杂人畜，有豕彭亨马虺隤。

每餐箸举下无处，饥犹喂虱嗟身羸。

船轻浪大一颠荡，六腑五脏相互回。

邻舫吕屠笔难状[1]，以彼易此吾宁为。

彼舟鹢首方西指，而我激箭心东归。

择具代步乃其次，出门定向先无乖。

如登彼岸惟有筏，中流敢舍求他材。

要能达愿始身托，去取初非视安危。

颠沛造次依无失，细故薄物何嫌猜。

岂小不忍而忘大，吾言止此君其裁。

---

[1]　吕星垣《铁舰行》、屠寄《火轮船赋》。

客闻作色拂袖去，如子诚亦冥顽哉！

闭门下帷记应对，彼利锥遇吾钝椎。

此身自断终不悔，七命七启徒相规。

一九四三年

斯 世

斯世非吾世，何乡作故乡？

气犹埋剑出，身自善刀藏。

朴学差成札，芳年欲绾杨。

分才敢论斗，愁固斛难量。

古 意

珰札迢迢下碧城，至今耦意欠分明。

心如红杏专春闹，眼似黄梅诈雨晴。

每自损眠辜远梦，未因赚恨悔多情。

何时铲尽蓬山隔，许傍妆台卜此生。

题新刊聆风簃诗集

良家十郡鬼犹雄，颈血难偿竟试锋。

失足真遗千古恨，低头应愧九原逢[①]。

能高踪迹常嫌近[②]，性毒文章不掩工[③]。

细与论诗一樽酒，荒阡何处酹无从。

古　意

自君之出镜台昏，无缝绸寒孰共温。

屋角蛛悬引丝绪，泥中牛踏满蹄痕。

锦机空织难成匹，石阙长衔未敢言。

莫似橘横终不设，儿家乌柏认当门。

---

① 吴梅村《古意》："手把定情金合子，九原相见尚低头。"
② 朱子《答巩仲至》(之四)："尝忧放翁迹太近，能太高。"
③ 王弇州《袁江流》："孔雀虽有毒，不能掩文章。"

故　国

故国同谁话劫灰，偷生坯户待惊雷。

壮图虚语黄龙捣，恶谶真看白雁来。

骨尽踣街随地痛，泪倾涨海接天哀。

伤时例托伤春惯，怀抱明年倘好开。

乡人某属题哭儿记儿从军没缅
甸其家未得耗叩诸乩神降
书盘曰归去来兮胡不归

一篇破体写哀呻，泪墨模糊两不分。

空谶归来陶令句，莫知存殁李华文。

茫茫入梦应迷向，恻恻吞声竟断闻。

四万义军同日尽，世间儿子漫纷纷。

春 风

春风恰似解相欺，缭乱缤纷也满蹊。

宿命沉沦花堕溷，禅心安隐絮和泥。

含情欲拾人沾臆①，得意休蹂马避蹄②。

姑待阴成秋陨叶，好教物论漆园齐。

病榻闻鸠

报晴沆滑一鸠呼，卧榻昏腾醒病夫。

绿润意根生草木，清冷胸境拓江湖。

栖梁久绝呢喃燕，啄屋应多腒膊乌。

恼煞夷场嚣十里，可容长着此声无。

---

① 北魏《杨白花歌》："含情出户无力，拾得杨花泪沾臆。"
② 宋张公庠(一作李元膺)《绝句》："马蹄无外避残红。"

胡丈步曾远函论诗却寄

汲古斟今妙寡双，袖携西海激西江。

中州无外皆同壤，旧命维新岂陋邦。

烽火远书金可抵，丹铅退笔鼎难扛。

不干扪有谈诗舌，挂壁年来气亦降①。

病　起

芳时屡负挽难回，扫地东风杖起才。

一病经春如有例，百花从此不须开。

蔷薇吹老堆庭刺，桃李飘残满院苔。

输与寒郊能得意，长安看尽紫红来。

---

① 《五灯会元》卷十一风穴延沼章次问："如何是谛实之言？"师曰："口悬壁上。"山谷《赠别李端叔》："古来得道人，挂舌屋壁间。"

答俤芬

海内文章孰定评，观书月眼子能明。

年来渐似欧阳九，不畏先生怯后生①。

古 意

袷衣寥落卧腾腾，差似深林不语僧。

捣麝拗莲情未尽，擘钗分镜事难凭。

槎通碧汉无多路，梦入红楼第几层。

已怯支风慵借月，小园高阁自销凝。

---

① 欧公语："不畏先生嗔，都怕后生笑。"见《寓简》卷八。

一九四四年

甲申元旦

缠天兵气惨难春，日历无端判故新。

稍慰哀情闻吉语，强开恶抱答佳辰。

才名薄俗宜遭贱，世味贫家最识真。

不肯教闲书胜笔，偶拈题句已如神。

雨中过拔可丈不值丈有诗来即和

泥行活活到门苔，不见差如兴尽回。

款户客能今雨至，隔墙花想殿春开。

欲歌独漉愁深水，敢哭穷途起湿灰。

幽草天怜晴未晚，吴郎会访杜陵来。

见金台残泪记中小郤语感作

才人失职误儒冠，等畜倡优意亦安。

自悼骏公歌紫稼，同悲容甫吊湘兰。

相怜不必相知雅，未嫁还如未第看。

一叹掩书何彼此①，无多残泪为新弹②。

---

① 张亨甫《残泪记》卷三："小郤尝坐而叹，余偶问何叹，即应曰：'彼此同叹。'"

② 靳价人《吴诗集览》谓《王郎曲》乃梅村自伤之作。

近 事

藕孔逋逃到几时，斤将伤鼻火然眉。

回心急作明朝计，折节甘交昨暮儿①。

分与杯羹无乃忍，相容斗粟亦堪疑。

生涯自断兴龙柏，便有春风总不知②。

中秋夜月

赢得儿童尽笑欢，盈盈露洗挂云端。

一生几见当头满，四野哀嗷彻骨寒。

楼宇难归风孰借，山河普照影差完。

旧时碧海青天月，触绪新来未忍看。

---

① 《隋书·苏威传》何妥曰："反为昨暮儿之所屈。"
② 《皇朝文鉴》卷二十七张在《题兴龙寺老柏院》："唯有君家老柏树，春风
　　恰似不曾来。"即太白《拟古十二首》所谓"青松岂知春"也。

生 日

行藏只办倚栏干，勋业年来镜懒看。

书癖钻窗蜂未出，诗情绕树鹊难安①。

老侵气觉风云短，才退评蒙月旦宽。

输与子山工自处，长能面热却心寒②。

---

① 《风月堂诗话》载李清照句："诗情如夜鹊，三匝未能安。"
② 庾信《拟咏怀》："其面虽可热，其心常自寒。"

一九四五年

乙酉元旦

倍还春色渺无凭，乱里偏惊易岁勤。

一世老添非我独，百端忧集有谁分。

焦芽心境参摩诘，枯树生机感仲文。

豪气聊留供自暖，吴箫燕筑断知闻。

徐森玉丈鸿宝间道入蜀话别

春水生宜去，青天上亦难。

西江望活鲋，东海羡逃鳗。

送远自崖返，登高隔陇看。

围城轻托命，转赚祝平安。

清明口号

清明时节雨昏沉，名唤清明滥到今。

也似重阳无实际，满城风雨是重阴。

陈病树丈_{祖壬}居无庐图属题

上岸牵船事已违，田园归计亦悠哉。

月明乌鹊无依止，日夕牛羊欲下来。

觅句生憎门莫闭，看山窃喜壁都开。

他年流布丹青里，通老移家惹俗猜①。

———————

① 《后村题跋》有《杨通老移家图》。

贺病树丈迁居

高词险语拓心胸，一笑掀髯教主同①。

佳客幽栖过杜甫，傍人敝宅认扬雄。

书探囊底谈无了，酒罄樽中坐不空。

倘有邻居酲叫者，胡床来听舌生风②。

空警

太空滓秽片云浮，惴惴时惊屋打头。

雷击忽随殷帝射，天崩合作杞人忧。

乍看陨石过飞鹞，疾下金乌啄赤虬。

自叹摧藏英气减，尚容失箸解嘲不？

---

① 龚定庵《贺新凉》词自注："与诸君谈艺，王子梅以教主目之。"
② 《南齐书·张岱传》："颜延之于篱边胡床坐听岱与客语，不复酲叫。"

拔丈七十

老去松心见后雕，危时出处故超超。

一生谢朓长低首，五斗陶潜不折腰。

工却未穷诗自瘦，闲非因病味尤饶。

推排耆硕巍然在，名德无须畏画描。

当年客座接风仪，乱后追随已恨迟。

如此相丰宜食肉，依然髭短为吟诗。

不劳成竹咒新笋，绝爱着花无丑枝。

翰墨伏波真矍铄，天留歌咏太平时。

一九四六年

还 家

出郭青山解送迎，劫馀弥怯近乡情。

故人不见多新冢，长物原无只短檠。

重觅钓遊嗟世换，惯经离乱觉家轻。

十年着处迷方了，又卧荒斋听柝声[①]。

暑 夜

坐输希鲁有池亭[②]，陋室临街夜不扃。

未识生凉何日雨，仍看替月一天星。

慢肤多汗身为患，赤脚层冰梦易醒。

白羽指挥聊自许，满怀风细亦清泠。

---

① 寇乱前报更旧俗未改。

② 《困学纪闻》卷十五："蒋堂居姑苏，谓卢秉曰：'亭沼初适，林木未就。'"

一九四七年

秋 怀

啼声渐紧草根虫，似絮停云抹暮空。

疏落看怜秋后叶，高寒坐怯晚来风。

身名试与权轻重，文字徒劳计拙工。

容易一年真可叹，犹将有限事无穷[①]。

中秋日阴始凉

肉山忽释火云忧，爽气登教滞暑收。

月淡翻输常夜皎，风凉趁作后时秋。

老知节物非吾事，馋愧杯盘与妇谋。

乍对书灯青有味，何劳高处望琼楼！

[①] 时写定《谈艺录》付印。

周振甫和秋怀韵再用韵奉答
君时为余勘订谈艺录

伏处喓喓语草虫,虚期金翮健摩空。

班荆欲赋来今雨,扫叶还承订别风。

臭味同岑真石友,诗篇织锦妙机工。

只惭多好无成就,贻笑兰陵五技穷。

一九四八年

草山宾馆作

空明丈室面修廊，睡起凭栏送夕阳。

花气侵身风入帐，松声通梦海掀床。

放慵渐乐青山静，无事方贪白日长。

佳处留庵天倘许，打钟扫地亦清凉①。

赠乔大壮先生

一楼波外许抠衣，适野宁关吾道非。

春水方生宜欲去，青天难上苦思归。

耽吟应惜拈髭断，得酒何求食肉飞②。

着处行窝且安隐，传经心事本相违。

---

① 《樊南乙集序》："方愿打钟扫地，为清凉山行者。"

② 先生思归蜀，美髯善饮。

叔子索书扇即赠

梦觉须臾抚大槐，依然抑塞叹奇才。

放歌斫地身将老，忍泪看天意更哀。

待定微波姑伫立，伤歧前路小迟回^①。

清江酒渴凭吞却，莫乞金茎露一杯^②。

---

① 《晋书·王彪之传》："自可更小迟回。"
② 君前日游春，过相识女郎家乞浆，遂病。故戏之。

谢振甫赠纸

只办秋蛇春蚓，几曾铁画银钩。

三真六草谁子，君莫明珠暗投。

子安有稿在腹，子野成文于心。

真惭使纸如水^①，会须惜墨似金。

---

① 孔平仲《朝散集》卷一《使纸甚费》五古："家贫何所费，使纸如使水。"

一九四九年

寻 诗

寻诗争似诗寻我，伫兴追逋事不同。

巫峡猿声山吐月，灞桥驴背雪因风。

药通得处宜三上，酒熟钩来复一中。

五合可参虔礼谱，偶然欲作最能工。

一九五〇年

答 叔 子

京华憔悴望还山，未办平生白木镵。

病马漫劳追十驾，沉舟犹恐触千帆。

文章误尽心空呕，饣啜勤来口不缄。

绝倒厚颜叨薄俸，庐陵米与赵州衫。

同调同时托胜流，全韬英气被清愁。

座中变色休谈虎，众里呼名且应牛。

惯看浮云知世事，懒从今雨数交遊。

宋王位业言犹在，赢得华年尚黑头。

一九五二年

生　日

身心着处且安便，局趣容窥井上天。
拂拭本来无一物，推挤不去亦三年。
昔人梵志在犹未，今是庄生疑岂然。
聊借令辰招近局[①]，那知许事蛤蜊前。

刘大杰自沪寄诗问讯和韵

春申林际望漫漫，曩日诗盟未渠寒。
心事流萤光自照[②]，才华残蜡泪将干。
忻闻利病摭千古，会见招邀并二难。
为道西山多爽气，何时杖策一来看？

① 与家人及周生节之共饮市楼。
② 来书言久罢文酒之集，方改订《中国文学史》。

一九五三年

答叔子花下见怀之什

槁木寒岩万念灰，春回浑似不曾回。

陈人何与芳菲事，犹赚花前远忆来。

兔毫钝退才都尽，马齿加长鬓已苍。

端赖故人相慰藉，不增不减是疏狂①。

桃情柳思为谁春，诗老遨头迹已陈。

怅绝一抔花下土，去年犹是赏花人②。

映河面皱看成翁，参到楞严法相空。

输汝风流还自赏，临波照影学惊鸿③。

---

① 来诗云："书来北客狂犹昔。"
② 悼拔翁。余与君皆每岁与墨巢赏花之集。
③ 来诗云："照影方塘瑟瑟波。"

叔子重九寄诗见怀余久
未答又承来讯即和其韵

情怀验取报书迟，霜鬓争须四海知。

且许营巢劳幕燕，聊堪生子话邻狸①。

是非忽已分今昨，进止安容卜险夷。

梦里故园松菊在，无家犹复订归期。

---

① 邻猫生子云云,本梁任公《新史学》引语。

苏渊雷和叔子诗韵相简又写示寓园花事绝句即答仍用叔子韵渊雷好谈禅

只为分明得却迟①，道腴禅藻负相知。

指名百体惭扪象②，顺向诸根好学狸③。

别院木樨无隐闷，当窗茂草不芟夷。

灌园凭剪吴淞水，万紫千红没了期。

---

① 《五灯会元》卷二十大慧曰："只为分明极，翻令所得迟。"按此乃袭说《鹭鸶》诗颈联，"只"原作"却"。

② 《庄子·则阳》"指马之百体而不得马"，即《长阿含经》第三十《世纪经·龙鸟品》第五生盲人摸象之旨。

③ 《礼记·射义》："以狸首为节。"皇侃疏引旧解，即《续传灯录》卷二十二黄龙论求道如"猫儿捕鼠，诸根顺向"之旨。

一九五四年

大杰来京夜过有诗即饯其南还

情如秉烛坐更阑，惜取劳生向晚闲。

欲话初心同负负，已看新鬓各斑斑。

感君鸡黍寻前约，使我鲈莼忆故山。

预想迎门人一笑，好风吹送日边还。

容安室休沐杂咏

曲屏掩映乱书堆，家具无多位置才。

容膝易安随处可，不须三径羡归来。

渐起人声昏晓际，难追梦境有无间。

饶渠日出还生事，领取当前倚枕闲。

盆兰得暖暗抽芽，失喜朝来竞吐花。

灌溉戏将牛乳泼，晨餐分减玉川茶①。

脩然凤尾拂阶长，檐蔔花开亦道场。

楚楚最怜肠断草，春人憔悴对秋娘②。

积李崇桃得气先，折来芍药尚馀妍。

只禁几次瓶花换，断送春光又一年。

音书人事本萧条，广论何心续孝标。

应是有情无着处，春风蛱蝶忆儿猫③。

如闻车马亦惊猜，政用此时持事来④。

争得低头向暗壁，万千呼唤不能回。

---

① 余十馀年来朝食啜印度茗一巨瓯。
② 皆斋头物。
③ 来京后畜一波斯猫，迁居时走失。
④ 假日仍有以文字见役者。

醇酒醉人春气味，酥油委地懒形模①。

日迟身困差无客，午枕犹堪了睡逋。

莺啼花放縠纹柔，少日情怀不自由。

一笑中年浑省力，渐将春睡当春愁。

向晚东风着意狂，等闲残照下西墙。

乍缘生事嫌朝日，又为无情恼夕阳。

生憎鹅鸭恼比邻，长负双柑斗酒心。

语燕流莺都绝迹，门前闲煞柳成阴。

袅袅鹅黄已可攀，梢头月上足盘桓。

垂杨合是君家树，并作先生五柳看②。

---

① 《杂阿含经》卷二十二："不能自立，犹如酥油委地。"

② 入住时，绛于门前种柳五株，已成阴矣。

一九五五年

重九日雨

催寒彻夜听淋浪，忆说江南未陨霜。

我自登临无意绪，不妨风雨了重阳。

佳辰未展兴先阑，泉下尊前感万端。

筋力新来楼懒上，漫言高处不胜寒。

一九五六年

置水仙种于瓦盆中覆以泥
花放赋此赏之

玉润金明绝世妆，参差顾影画屏傍。

重帷曲室温麝火，不假风来自送香。

枕泉漱石都无分，带水拖泥也合休。

好向凌波图里认①，浊流原不异清流。

① 赵子固有《凌波图》，画此花。

向觉明达 属题 Legouis 与 Cazamian
合著英国文学史[①]

火聚刀林试命回，又敦夙好拨寒灰。

荒城失喜书棚在，也当慈仁寺里来[②]。

费尽胭脂画牡丹，翻新花样入时难。

覆瓿吾与君犹彼，他日何人访冷摊[③]。

一瓻书借诚痴事，双泪珠还亦苦心。

太息交游秋后叶，枝头曾见绿成阴。

---

① 君四年前自朝鲜归，道出安东，得之故书摊。为人借去，久假不归。比以
　　事绝交，书遂还。

② 清初慈仁寺廊下为旧书聚处，见孔东塘《燕台杂兴》诗。

③ 二十馀年前此书盛行，今则刍狗已陈矣。

一九五七年

赴鄂道中

路滑霜浓唤起前，老来离绪尚缠绵。
别般滋味分明是，旧梦勾回二十年。

晨书暝写细评论，诗律伤严敢市恩。
碧海掣鲸闲此手，只教疏凿别清浑[①]。

白沙弥望咽黄流，留得长桥阅世休。
心自摇摇车兀兀，三年五度过卢沟。

弈棋转烛事多端，饮水差知等暖寒。
如膜妄心应褪净，夜来无梦过邯郸。

驻车清旷小徘徊，隐隐遥空碾懑雷。
脱叶犹飞风不定，啼鸠忽噤雨将来。

① 《宋诗选注》脱稿付印。

一九五八年

叔子五十览揆寄诗遥祝即送入皖

廿载论交指一弹，移枝栖息祝平安。

镜中青鬓朱颜驻，诗里黄山白岳蟠①。

差喜敛狂能止酒，更期作健好加餐。

然脂才妇长相守，粉竹金松共岁寒。

---

① 放翁《过灵石三峰》："拔地青苍五千仞,劳渠蟠屈小诗中。"

一九五九年

渊雷书来告事解方治南华经

塞雪边尘积鬓斑，居然乐府唱刀镮。

心游秋水无穷境，梦越春风不度关。

引谷敢尤人下石，加恩何幸案移山。

五年逋欠江南睡，瓶钵行看得得还。

龙榆生寄示端午漫成绝句
即追和其去年秋夕见怀韵

知有伤心写不成，小诗凄切作秋声。

晚晴尽许怜幽草，末契应难托后生。

且借馀明邻壁凿，敢违流俗别蹊行。

高歌青眼休相戏，随分斋盐意已平。

偶见二十六年前为绛所书诗册
电谢波流似尘如梦复书十章

廿载犹劳好护持，气粗语大旧吟诗。
而今律细才偏退，可许情怀似昔时。

少年情事宛留痕，触拨时时梦一温。
秋月春风闲坐立，懊侬欢子看销魂。

缬眼容光忆见初，蔷薇新瓣浸醍醐。
不知靧洗儿时面，曾取红花和雪无。

远行汗漫共乘槎，始识劳生未有涯。
从此缣书拈笔外，料量柴米学当家。

弄翰然脂咏玉台，青编粉指更勤开。
偏生怪我耽书癖，忘却身为女秀才。

世情搬演栩如生，空际传神着墨轻。

自笑争名文士习，厌闻清照与明诚。

荒唐满纸古为新，流俗从教幻认真。

恼煞声名缘我损，无端说梦向痴人[①]。

百宜一好是天然，为说从来镜懒看。

拈出夭韶馀态在，恰如诗品有都官。

雪老霜新惯自支，岁寒粲粲见冰姿。

暗香疏影无穷意，桃李漫山总不知。

黄绢无词夸幼妇，朱弦有曲为佳人。

缥书赌茗相随老，安稳坚牢祝此身。

---

① 余小说《围城》出版，颇多痴人说梦者。

一九六一年

秋 心

树喧虫默助凄寒，一掬秋心揽未安。

指顾江山牵别绪，流连风月逗忧端。

劳魂役梦频推枕，怀远伤高更倚栏。

验取微霜新点鬓，可知青女欲饶难。

一九六二年

松堂小憩同绛

桃夭李粲逞娉婷，拥立苍官似列屏。

花鲼蜂喧方引睡，松颠鹊语忽喷醒。

童心欲竞湖波活，衰鬓难随野草青。

共试中年腰脚在，更穷胜赏上山亭。

一九六三年

叔子病起寄诗招遊黄山

病馀意气尚骞腾，想见花间着语能。

老手诗中识途马，壮心酒后脱韝鹰。

凋疏亲故添情重，落索身名免谤增。

欲踏天都酬宿诺，新来筋力恐难胜。

一九六四年

答燕谋

兄事肩随四十年，老来犹赖故人怜。

比邻学舍灯穿壁，结伴归舟海拍天。

白露蒹葭成道阻，春风桃李及门妍。

何时北驾南航便，商略新诗到茗边。

一九六五年

喜得海夫书並言译书事

乖违人事七年中，失喜书来趁便风。

虚愿云龙同下上，真看劳燕各西东。

敛才光焰终难閟，谐俗圭棱倘渐砻。

好与严林争出手，十条八备策新功①。

---

① 《高僧传》二集卷二载隋僧彦琮《辩正论》，定"十条"、"八备"为翻译之
式。几道、琴南皆君乡献也。

一九六六年

叔子书来自叹衰病迟暮
余亦老形渐具寄慰

蕉树徒参五蕴空，相怜岂必病相同。

眼犹安障长看雾，心亦悬旌不待风。

委地落花羡飞絮，栖洲眠鹭梦征鸿。

与君人世推排久，白发无须叹未公。

一九七三年

叔子书来並示近什

书来行细报平安，因病能闲尚属官。

得醉肠犹起芒角，耽吟心未止波澜。

一流顿尽惊身在，六梦徐回视夜阑。

为报故人善消息①，残年饱饭数相看。

---

① 晋、齐法帖中"善消息"即后世语"好将息"也。《晋书·谢玄传》云："诏遣高手医一人，令自消息。"

再答叔子

四劫三灾次第过，华年英气等销磨。

世途似砥难防阱，人海无风亦起波。

不复小文供润饰，倘能老学补蹉跎①。

鬓青头白存诗句②，卅载重拈为子哦。

偶见江南二仲诗因呈振甫

同门才藻说时流，吟卷江南放出头。

别有一身兼二仲③，老吾谈艺欲尊周。

---

① 曹植《与杨德祖书》，有"小文"请敬礼"润饰之"。《三国志·吴书·吕蒙传》裴注引《江表传》孙权谓："孟德亦自谓老而好学"。《魏书·武帝纪》裴注引《英雄记》太祖自称"长大而能勤学"。
② 一九四二年寄叔子诗有云："白头青鬓交私在。"
③ 挚仲洽、钟仲伟。

一九七四年

老 至

徙影留痕两渺漫，如期老至岂相宽。

迷离睡醒犹馀梦，料峭春回未减寒。

耐可避人行别径，不成轻命倚危栏。

坐知来日无多子，肯向王乔乞一丸？

王辛笛寄茶

降魔破睡懒收勋，长日昏腾隐几身。

却遣茶娇故相恼，从来佳茗比佳人。

雪压吴淞忆举杯，卅年存殁两堪哀①。

何时榾柮炉边坐，共拨寒灰话劫灰。

---

① 忆初过君家，冬至食日本火锅。同席中徐森玉、李玄伯、郑西谛三先生，
陈麟瑞君，皆物故矣。

辛笛寄诗奉答

异县他乡惠好音，诗盟卅载许遥寻。

看将叹逝士衡意，併入伤春子美吟。

似雪千茎搔短发，如灰一寸觅初心。

来游期汝能乘兴，灯火青荧话夜深。

一九七五年

振甫追和秋怀韵再叠酬之

扬云老不悔雕虫，未假书空且叩空。

迎刃析疑如破竹，擘流辨似欲分风。

贫粮惠我荒年谷，利器推君善事工。

一任师金笑刍狗，斯文大业炳无穷。

西蜀江君骏卿不知自何处收得余 二十二岁所作英文文稿藏之三十 年寄燕谋转致並索赋诗以志

壮年堪悔老无成，嗤点流传畏后生。

莫向长卿征梦兆，文章巨蟹未横行①。

藏拙端宜付烬灰，累君收拾太怜才。

坐知老物推排尽，一蟹争如一蟹来。

---

① 《琅嬛记》卷上："王吉梦蟹，诘旦，司马相如来，吉曰：'此人必以文章横
行一世。'"旧沿日语称西文为蟹行文，日人森大来《槐南集》卷八《七月
七日作》之三所谓"螃蜞文字好横行"。

一九七七年

燕谋以余罕作诗寄什督诱如数奉报

才退心粗我自知，烟销沤灭不成诗[1]。

分明眼底难寻处，渺莽江头欲拾时。

枉与焚灰吞杜甫，苦将残锦乞丘迟。

欣然搁笔无言说，稽首维摩是本师。

六情底滞力阑单，上水船经八节滩。

识字果为忧患始，作人奚止笑啼难。

举头鹊噪频闻喜，盈耳蛙鸣尽属官。

耆旧纷传新语好，偏惭燥吻未濡翰[2]。

---

[1] 《云仙杂记》卷三："能诗之士，雨泡灭则得意，香烟断而成吟。"
[2] 陆士衡《文赋》："始踯躅于燥吻，终流离于濡翰。"

一九七八年

陈百庸凡属题出峡诗画册

务观骑驴入剑门，百庸放棹出瞿峡。

诗成异曲诧同工，能画前贤输一着。

豪放淋漓蕴苦心，态秾韵远耐研寻。

毫端风虎云龙气，空外霜钟月笛音。

一九七九年

寄祝许大千七十

少日同窗侣，天涯一故人。

振奇风骨卓，坦率性灵真。

早卜仁能寿，遥知德有邻。

白头望好在，迹旷愈情亲。

马先之_{厚文}属题诗稿

先公宿许老门生，行谊文章异俗情。

旷世心期推栗里，故乡宗派守桐城。

风恬春雨知时霁，潦尽秋潭澈底清。

把玩新编重品目，卅年惆怅溯诗盟①。

---

① 君题《陶集》诗曰："千载邈无伦。"

一九八一年

大千枉存话旧即送返美

寥天瀛海渺相望，灯烛今宵共此光。

十日从来九风雨，一生数去几沧桑。

许身落落终无合，投老栖栖有底忙。

行止归心悬两地，长看异域是家乡。

一九八九年

阅 世

阅世迁流两鬓摧，块然孤喟发群哀。

星星未熄焚馀火，寸寸难燃溺后灰。

对症亦知须药换，出新何术得陈推。

不图剩长支离叟①，留命桑田又一回。

---

① 放翁《杂咏》："悠悠剩长身。"《寓叹》之三："人中剩长身。""长"同"长
物"之"长"，去声。

一九九一年

代拟无题七首

缘　起

杨　绛

"代拟"者,代余所拟也。余言欲撰小说,请默存为小说中人物拟作旧体情诗数首。默存曰:"君自为之,更能体贴入微也。"余笑曰:"尊著《围城》需稚劣小诗,大笔不屑亦不能为,曾由我捉刀;今我需典雅篇章,乃托辞推诿乎?"默存曰:"我不悉小说情节,何从著笔?"余乃略陈人物离合梗概,情意初似"山色有无中",渐深渐固,相思缠绵,不能自解,以至忏情绝望犹有馀恨,请为逐步委婉道出。并曰:"君曾与友辈竞拟《古意》,乃不能为吾意中痴儿女代作《无题》数首耶?"默存无以对,苦思冥搜者匝月,得诗七首掷于余前曰:"我才尽此,只待读君大作矣。"余观其诗,韵味无穷,低徊不已。绝妙好辞,何需小说框架?得此空中楼阁,臆测情节,更耐寻味。若复粘着填实,则杀尽风景。余所拟小说,大可"不著一字,尽得风流"也。

纵说疏疏落落，仍看脉脉憧憧。

那得心如荷叶，水珠转念无踪。

风里孤蓬不自由，住应无益况难留。

匆匆得晤先忧别，汲汲为欢转赚愁。

雪被冰床仍永夜，云阶月地忽新秋。

此情徐甲凭传语，成骨成灰恐未休。

辜负垂杨绾转蓬，又看飞絮扑帘栊。

春还不再逢油碧，天远应难寄泪红。

炼石镇魂终欲起，煎胶续梦亦成空。

依然院落溶溶月，怅绝星辰昨夜风。

吴根越角别经时，道远徒吟我所思。

咒笋不灵将变竹，折花虽晚未辞枝。

佳期鹊报谩无准，芳信莺通圣得知。

人事易迁心事在，依然一寸结千思。

远来犯暑破功夫，风调依然意态殊。
好梦零星难得整，深情掩敛忽如无。
休凭后会孤今夕，纵卜他生失故吾。
不分杏梁栖燕稳，偏惊塞雁起城乌。

愁喉欲斳仍无着①，春脚忘疲又却回。
流水东西思不已，逝波昼夜老相催。
梦魂长逐漫漫絮，身骨终拚寸寸灰。
底事司勋甘刻意，此心忍死最堪哀。

少年绮习欲都刊，聊作空花撩眼看。
魂即真销能几剩，血难久热故应寒。
独醒徒负甘同梦，长恨还缘觅短欢。
此日茶烟禅榻畔，将心不必乞人安。

---

① 薛浪语《春愁》诗："欲将此剑斳愁断，昏迷不见愁之喉。"